D1135052

El Coyote tonto

Felipe Garrido

Ilustraciones de Francisco González

INFANTIL

EL COYOTE TONTO

D.R. © Del texto: Felipe Garrido, 1996.

D.R. © De las ilustraciones: Francisco González, 1996.

D.R. © Aguilar, Altea, Taurus, Alfaguara, S.A. de C.V., 1996

ALFAGUARA

D.R. © De esta edición:

Editorial Santillana, S.A. de C.V., 2002.

Av. Universidad 767, Col. Del Valle

México, 03100, D.F. Teléfono 5420 7530

www.alfaguarainfantil.com.mx

Éstas son las sedes del **Grupo Santillana**:

ARGENTINA, BOLIVIA, CHILE, COLOMBIA, COSTA RICA, ECUADOR, EL SALVADOR, ESPAÑA, ESTADOS UNIDOS, GUATEMALA, MÉXICO, PANAMÁ, PERÚ, PUERTO RICO, REPÚBLICA DOMINICANA, URUGUAY Y VENEZUELA.

Primera edición en Alfaguara México: marzo de 1996.

Primera reimpresión: abril de 1997.

Segunda reimpresión: abril de 2000.

Primera edición en Editorial Santillana, S.A. de C.V.: febrero de 2002.

Primera reimpresión: junio de 2003.

ISBN: 968-19-0277-7

Impreso en México

El Coyote tonto

*Estos cuentos son para que aprenda
a leer Salma Irene*

Cómo fue que hubo tantos coyotes

Hace mucho tiempo, vivían en un pueblito seis hermanas muy, pero muy lindas. Los domingos por la tarde iban a dar la vuelta a la plaza; llevaban las trenzas adornadas con listones de seda y se ponían tantito rojo en las mejillas y agua de flores en el cuello y detrás de las orejas. Así salían las seis a pasear y todos los muchachos se les quedaban viendo.

Nadie andaba tanto tras ellas como Coyote. El muchacho se sentía muy guapo y siempre andaba molestándolas. Apenas las veía llegar, les salía al paso y de allí en adelante no se les separaba en toda la tarde. Aunque ellas no quisieran verlo, allí andaba a su lado dando vueltas en la plaza. Les echaba flores, las invitaba al cine o a tomar nieve en La Flor de Michoacán. Y si querían platicar con otros jóvenes, Coyote hacía berrinche y no se los permitía.

Una noche de fiesta en que había fuegos de artificio, cansadas de aguantar a Coyote, las seis hermanas aprovecharon el borlote para subir a los cielos sin que el muchacho se diera cuenta. El domingo siguiente, cuando Coyote comenzó a buscarlas, no las encontró por ningún lado. Las muchachas estaban encantadas, viendo desde el cielo cómo daba vueltas en la plaza y entonces, para vacilarlo, lo llamaron.

Volteó Coyote para todas partes y no encontró nada de nada; hasta que ellas volvieron a llamarlo, y entonces el muchacho se dio cuenta de que estaban más allá de las copas de los árboles, más allá de los tejados del pueblo, más allá de las torres del templo, más allá de las nubes que brillaban, en el cielo. Las vio convertidas en seis estrellas que están siempre muy juntas, como van las muchachas por la calle si es que andan vacilando con los muchachos.

Cuando las seis hermanas vieron que Coyote se quedaba mirándolas, sin saber qué hacer, una de ellas se quitó de las trenzas un listón morado y lo dejó caer para que colgara hasta la Tierra y el joven pudiera subir.

Allí fue Coyote, agarrado de la cinta, sube que sube durante días y días. Poco le faltaba para llegar al cielo donde estaban las seis hermanas, cuando una de ellas cortó el listón. Dando vueltas Coyote fue cayendo por el aire, hasta que quedó en los puros huesos. Puros huesos cayeron, y al chocar contra las piedras se desparramaron.

Cuando la abuela de Coyote escuchó el estrépito, salió a ver qué sucedía: en se-

guida se dio cuenta de que eran los huesos de su nieto, así que se puso muy triste y comenzó a recogerlos. Los fue juntando, con toda paciencia, hasta que estuvo segura de que los tenía todos.

Entonces los molió en un metate, finito finito, y como estaba llorando, sus lágrimas se mezclaron con el polvo de los huesos. Con esa masa la abuela hizo muchas bolitas y las guardó en una olla. Luego la tapó, la dejó sobre las cenizas del brasero y, como estaba muy cansada, se fue a llorar a su cama.

En la madrugada, la abuela escuchó que alrededor de la casa había muchos coyotes que estaban aullando. La vieja corrió a

la cocina, destapó la olla y vio que no quedaba dentro ninguna bolita de lágrimas y huesos. En cambio, una enorme manada de coyotes se había dispersado por la Tierra.

Por eso todavía hay coyotes en el mundo. Y, dicen unos, porque al alzar la cabeza ven en el cielo a las seis hermanas,

cuando es de noche aúllan los coyotes,
dolidos y enamorados.

Para quitarse el frío

Una noche de invierno el Coyote iba caminando, muerto de frío, y de pronto se encontró al Conejo, que iba muy a gusto envuelto en su abrigo blanco.

—¡Esta vez no te me escapas! —gritó el Coyote, tiritando.

—Espera, espera coyotito —le dijo el Conejo—. Siento mucho que sufras tanto con este frío tan espantoso. Si tú hicieras todas las noches lo mismo que yo hago, dormirías tan campante como si hubiera sol.

Esos días había nevado y el Coyote ya no sabía qué hacer para no congelarse, así que no lo pensó dos veces: de mil amores se dispuso a escuchar al Conejo.

—Es muy fácil, coyotito —dijo el Conejo—. Hay que buscar un árbol que esté bien seco, para que arda de veras bien; luego le prendes fuego y te trepas a las ramas. Como el calorcito sube, dormirás de lo más sabroso.

El Coyote se alegró mucho y luego se fue a buscar un árbol seco, le prendió fuego y se trepó. Al principio todo iba muy bien y el calorcito estaba rico, así que el Coyote quedó profundamente dormido. Pero al rato el fuego acabó por quemar el tronco, el árbol cayó por tierra y el Coyote fue a dar en la hoguera.

Por eso los coyotes tienen el color que tienen, porque quedaron chamuscados.

El Coyote en el huerto

Una vez el Coyote andaba flaco flaco, porque le había ido muy mal en sus correrías y no lograba cazar ni siquiera una lagartija. Iba por el campo, desesperado, cuando vio pasar al Conejo, gordo y bien calientito en su abrigo blanco. El Coyote sintió que el corazón se le desbocaba y Dios sabe de dónde habrá sacado fuerzas, pero el caso es que correteó al Conejo hasta que lo acorraló contra una barda de piedra.

—¡Esta vez no te me escapas! —gritó el Coyote, resoplando, mientras se le hacía agua el hocico.

—Espera, espera coyotito —le dijo el Conejo—. ¿Por qué estás tan agitado? ¿Qué te pasa?

—Estoy muerto de hambre —contestó el Coyote—. En cambio tú, mira cómo estás: sano, bien comido, con cara de contento...

—Tú puedes estar igual —respondió el Conejo—. Te voy a enseñar dónde tomo yo mis comidas, para que tú puedas hacer lo mismo.

Desde lo alto de un cerrito, el Conejo le mostró al Coyote un huerto maravilloso y le explicó por dónde podía entrar. Le dijo también que tuviera mucho cuidado, porque si el dueño o sus peones lo atrapaban, sin lugar a dudas lo iban a matar.

El Coyote estaba de lo más agradecido. Le dio un abrazo al Conejo y, sin pensarlo más, salió corriendo hacia el huerto, decidido a comerse las hortalizas. La barda era muy alta y muy fuerte, pero allí donde le había dicho el Conejo, el Coyote encontró una rendija y se escurrió por ella.

"¡Qué lugar maravilloso!", pensó el Coyote. Tanta hambre tenía que todo le pareció espléndido: las coliflores y las calabazas, las zanahorias, los chícharos y los pepinos. Los rábanos le picaron un poco, pero se calmó el ardor hincándole el diente a las lechugas, los tomates y los nabos. Tres días pasó comiendo como desesperado y durmiendo como bendito.

El cuarto día oyó el Coyote que lle-
gaba el dueño del huerto con sus peones y
se asustó muchísimo, pues recordó lo que
le había dicho el Conejo: si lo veían, de
seguro iban a matarlo.

Corrió a la rendija por donde había
entrado, pero ahora estaba gordo como el
Conejo, y no pudo escurrirse por allí. Una
semana pasó escondiéndose en el huerto,
mientras los hombres maldecían a los topos,

pues creían que ellos eran los culpables de los destrozos. Después de esa semana, en que no volvió a probar bocado, el Coyote estaba otra vez en los puros huesos y pudo escaparse.

—¡Pobrecito de mí! —decía mientras iba corriendo a todo lo que le daban las patas— ¿De qué me sirvió entrar a ese huerto maravilloso, si ya otra vez estoy flaco y hambreado?

El Coyote muerto

El Coyote quedó tan enojado por lo que le sucedió en el huerto que decidió comerse al Conejo. Así que le pidió ayuda a la Liebre, que estaba envidiosa por causa del abrigo blanco.

La Liebre invitaría al Conejo a jugar, lejos de su madriguera, y por allí cerca estaría el Coyote haciéndose el muerto, para que el Conejo se le arrimara y entonces él pudiera comérselo.

Justamente de esa manera lo hizo la Liebre y cuando vieron al Coyote, que estaba tirado, gritó como lo habían convenido:

—¡Mira, mira! Aquí está tirado el Coyote, y está bien muerto.

El Conejo, que era prudente, no se acercó. Desde donde estaba, parecía que el Coyote no se movía ni respiraba. Sin embargo,

el Conejo creyó que sería mejor estar seguro
de lo que pasaba. Se paró de patas, movió
las orejas para pensar mejor, y le dijo a la
Liebre:

—Dice mi abuela que si alguien está
de veras muerto y le brincas en la panza pega
un grito y deja escapar el último aliento.

Ni tarda ni perezosa, sin pensarlo dos
veces, la Liebre le saltó en la panza al Coyote, que adolorido pegó un grito.

—¡Caray! —dijo el Conejo—. Esto sí
está raro. ¡Un muerto que grita! —y salió
corriendo para ponerse a salvo.

La cueva que hablaba

Una tarde de mayo el Conejo, al regresar a su madriguera después de un paseo por el campo lleno de flores, tuvo un mal presentimiento. Como era un animalito astuto, se detuvo a unos pasos de la entrada y gritó:

—¡Cuevita, cuevita, muy buenas tardes tengas!

Después de un momento, el Conejo movió las orejas, se paró en las patas y dijo en voz alta:

—¡Qué raro! Siempre que saludo a mi cuevita ella me contesta. ¿Le habrá pasado algo malo?

Y en seguida volvió a gritar:

—¡Cuevita, cuevita, muy buenas tardes tengas!

Una voz que quería ser dulce contestó entonces desde el interior de la madriguera:

—Buenas tardes, conejito. ¿Qué espe-
ras para entrar?

Apenas escuchó la respuesta, el Conejo retrocedió de un brinco y salió corriendo, pues comprendió que el Coyote se había
metido dentro y estaba esperándolo para de-
vorarlo.

El cimiento del mundo

Una vez el Coyote decidió seguir las huellas del Conejo, pues cada día tenía más ganas de merendárselo, y así lo hizo. Después de un rato, finalmente lo encontró. Pero el Conejo, que no se descuidaba nunca, oyó por donde venía el Coyote y se dispuso a esperarlo. De un brinco estuvo al lado de una gran roca y se apoyó en ella de manos, con todas sus fuerzas.

—¡Esta vez no te me escapas! —gritó el Coyote, encantado con su buena suerte, y comenzó a relamerse los bigotes mientras le gruñían las tripas.

—Espera, espera coyotito —le dijo el Conejo—. Si esta piedra se mueve va a quebrarse el mundo, porque esta piedra es el cimiento que lo sostiene. Ayúdame a detenerla mientras voy por el oso para que la asegure bien de una vez por todas.

    Y el Coyote, que era de veras tonto, porque en ese monte ni osos había, se paró de patas para evitar que la roca se moviera, mientras el Conejo salió corriendo.

Tunas para el Coyote

El Coyote iba un día caminando por el monte y se encontró al Conejo en una nopalera, comiendo tunas.

—¡Esta vez no te me escapas! —gritó el Coyote, mientras se le hacía agua el hocico.

—Espera, espera coyotito —le dijo el Conejo—. Estoy aquí pelando unas tunas para darte las más sabrosas. Cierra los ojos y abre el hocico, para que veas qué ricas están.

El Conejo le dio una tuna al Coyote y luego otra y otra más, y el Coyote estaba en verdad encantado porque las tunas estaban dulces y frescas. "Qué botana más deliciosa", pensó el Coyote, que ya se imaginaba que ese día la comida iba a incluir un rico conejito. Cada vez abría más y más el hocico y cerraba los ojos con más fuerza.

La cuarta vez, el Conejo buscó la tuna que más espinas tenía y, sin pelarla, se la metió en el hocico al Coyote, que estaba totalmente confiado.

¡Pobre Coyote! Se revolcaba en el piso sin encontrar manera de quitarse las espinas. Mientras tanto, ni tardo ni perezoso, el Conejo se alejó del tunal a toda carrera.

El queso del Conejo

Una cálida noche de luna llena, el Coyote iba caminando cuando se encontró al Conejo, sentado al lado de un aguaje.

—¡Esta vez no te me escapas! —gritó el Coyote, que tenía varios días sin comer y estaba muerto de hambre.

—Espera, espera coyotito —le dijo calmadamente el Conejo, mientras movía las orejas—. Mira ese queso que estoy refrescando en el agua. Ya casi está listo para que te lo comas. Si quieres te lo dejo. Espérate un rato y luego lo sacas.

El Coyote vio que en el estanque había un gran queso fresco, redondo y blanco, y sintió que se le hacía agua el hocico.

—Yo lo saco, tú puedes irte. A ver qué comes, porque este rico queso no nos alcanza para los dos —dijo el Coyote y se quedó muy serio, sentado al lado del agua, mientras el Conejo se iba corriendo.

Apenas se fue el Conejo, el Coyote sintió que ya era tiempo de sacar el queso y, sin pensarlo dos veces, saltó al agua. Se quedó con un palmo de narices, pues todo ese tiempo lo que había estado viendo era el reflejo de la luna en el agua.

Los tamales del Conejo

Una mañana, el Coyote iba caminando por la orilla de una milpa cuando se encontró al Conejo, al lado de una olla de barro que hacía un ruido como de agua hirviendo.

—¡Esta vez no te me escapas! —gritó el Coyote, que tenía dos semanas sin comer y estaba muerto de hambre.

—Espera, espera coyotito —le dijo el Conejo—. Mira esta olla, llena de tamales. Ya casi están cocidos. Espérate un ratito y nos los comemos. Voy por un poco de atole, para acompañarlos.

El Coyote comenzó a relamerse el hocico, porque le gustaban mucho los tamales, y se sentó a esperar que el Conejo regresara. Al rato, le pareció que el Conejo ya se había tardado más de la cuenta. Por otra parte, esperarlo no era tan buena idea. El atole no le gustaba mucho, y prefería comerse él solo todos los tamales.

Así que, sin pensarlo dos veces, destapó la olla. ¡Pobre Coyote! El ruido que se oía no era de agua hirviendo. Lo que había dentro era un panal de abejas. Apenas el Coyote le quitó la tapa a la olla, las abejas salieron enfurecidas y comenzaron a picarlo. No lo dejaron en paz hasta que se tiró al río.

El Conejo en la Luna

En otros tiempos felices, los hombres no tenían que trabajar con las manos. Iban al campo, dejaban las herramientas, y ellas solitas hacían las labores.

Una vez, un hombre decidió desmontar su parcela para sembrar maíz. Afiló muy bien el hacha y el machete, y de madrugada fue al campo: puso los aperos en el suelo, les dijo lo que tenían que hacer y regresó a su casa porque tenía ganas de dormir un rato en la hamaca con su mujer.

Por la tarde, cuando regresó a su parcela, encontró que todo el trabajo estaba hecho, así que se marchó a su casa a dormir muy contento.

Pero al día siguiente, cuando llegó al campo vio que los árboles y las matas y todas las hierbas estaban otra vez en su lugar.

Muy enojado, llevó de nuevo al hacha y al machete para que repitieran la labor, y así lo hicieron las nobles herramientas. Pero al otro día, allí estaban de nuevo todas las plantas, cada una en su lugar y el hombre comenzó a desesperarse tanto que ni siquiera se acordó de la hamaca.

Por tercera ocasión el hombre dejó su hacha y su machete en el campo, pero esta vez no regresó a su casa: se quedó escondido allí cerca para ver quién le estaba haciendo esa mala jugada.

Descubrió entonces que era el Conejo. Muy enojado, el hombre lo agarró por las orejas y le preguntó por qué lo hacía. El Conejo le respondió que ya no era tiempo de sembrar. Que muy pronto iba a comenzar a llover. Que llovería tanto que toda la Tierra iba a quedar inundada.

—Voy a hacerte un favor —dijo el Conejo muy serio, en cuanto el hombre le soltó las orejas—. Voy a decirte lo que tienes que hacer para salvarte. Construye una gran caja de madera fina, mete dentro comida para muchos días, y cuando empiece a caer el aguacero te encierras en el cajón con tu familia. Otra cosa más: tienes que llevarme contigo.

El hombre era un gran carpintero, así que construyó en seguida la caja. Puso dentro todo lo que hacía falta, y cuando comenzó a llover se metió con toda su familia y con el Conejo, que iba muy contento porque allí no tendría que preocuparse del Coyote.

Llovió y llovió sin parar durante días y noches, y el nivel de las aguas comenzó a subir. Subió tanto, que después de un año la caja se atoró en el cielo.

El Conejo, que era de veras muy, pero muy curioso, quiso pasarse al sol para conocerlo, pero en cuanto se atrevió a salir de la caja sintió que se quemaba y regresó en seguida. Luego de tres días, el Conejo se pasó mejor a la Luna, que tenía muchas ventajas: el paisaje era delicioso, el clima era excelente y no había ningún coyote a la vista.

Le gustó tanto que, cuando el nivel de las aguas comenzó a bajar, se escondió en un cráter para que el hombre y su familia

no lo vieran y no fueran a llevárselo. De manera que ellos volvieron a la Tierra, pero el Conejo se quedó en la Luna. Por eso, en las noches de luna llena lo vemos allá arriba, con sus orejotas.

Por eso, dicen unos, en esas noches los coyotes alzan al cielo la cabeza, ven al Conejo en la Luna y aúllan, con el ansia de alcanzar al astuto animal.

Una carta

Querida Salma Irene.
Querida niña o niño que acabas
de escuchar o de leer estas historias:

*Ninguno de los cuentos que hay en este libro lo
inventé yo. Todos son tan viejos como esos cerros
y esos campos que rodean la ciudad o el pueblo
donde vives. O más viejos, tal vez. Lo cierto es
que vienen contándose desde que los hombres
y los coyotes y los conejos se conocieron. A mí
me los contaron. O me los leyeron. O me dejaron
leerlos.*

*Por todas partes, en México, hay conejos y
coyotes. Apenas te sales al campo y comienza a
caer la tarde, los conejos dejan sus madrigueras
y los coyotes, que siempre tienen hambre, salen
tras ellos. De vez en cuando los coyotes se
sientan, alzan la cabeza, ven la luna o las
estrellas y comienzan a aullar.*
*Todos, en estas tierras y en otras, cuentan
cuentos de conejos y de coyotes. Los pai pai, los
nahuas, los huastecos, los mestizos. Ahora tú
también conoces unos pocos. Espero que tú y
todos los niños que lean estos cuentos sean tan*

listos como el Conejo. Espero que no olvides estas historias y que un día se las cuentes a alguien que quieras mucho, como yo te quiero. O que un día vuelvas a escribirlas, a tu manera, para que no desaparezcan nunca, para que se sigan contando y leyendo en noches de luna y en noches de estrellas.

F. G.

Índice

Este libro se terminó de imprimir en junio de 2003, en Mhegacrox, Sur 113-B, núm. 2149, col. Juventino Rosas, 08700, México, D.F.